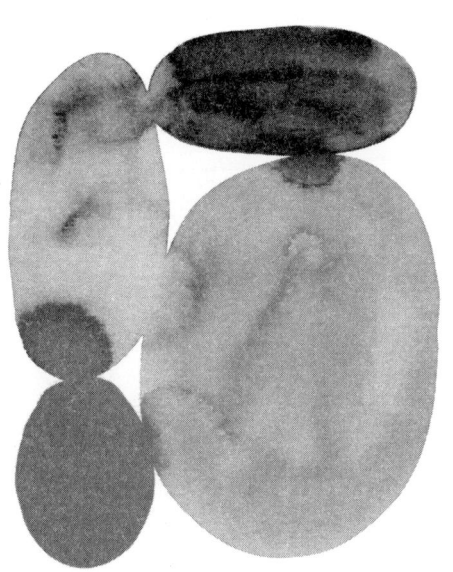

사각계절

정다정

See you in
Summer

or
Fall

or
Winter

or
Spring

or
...

5억년 동안의 여름 Side A	7
Side B	24
열세 번째 대답은 어디로 갔을까	43
계절환청	54
연못 익사 소동	65
S에게	81

101   see your sea? seeyoursea!

〈사계절〉을 자유롭고 또 자유롭게 사용할 것.

See you in Summer

5억 년 동안의 여름
Side A

◯

여름은 '열다'의 명사형.

사계절이 있는 행성에서 사는 사람이 알려준 사실이었다. 이 행성에도 언젠가 계절이 존재했다는 전설이 있다. 전설보다는 희미한 사실에 가까웠다. 행성에서 가장 오래된 비문에 등장하는 '봄' 때문이었다. 봄의 축제. 꽃이 흩날리는 그늘 아래서 즐겁게 술을 마시는 사람들. 그것은 어디까지나 문자로 전해지는 사실이었기에 누구도 '봄'에 대한 이미지를 만들 수는 없었다. 사계절이 있는 행성과의 교류가 시작되기 전까지는.

이 행성은 과학자들의 추측에 따르면 5억 년 동안의 여름이 지속되고 있다. 5억 년이라는 시간은 이 행성의 거주하는 모든 생명체가 여름 속에서만 사는 것에 익숙해지도록 진화할 수 있기에 충분한 시간이었다. 강한 태양의 에너지를 피해서 모두 낮에는 필수적으로 잠을 자게 되었으며, 비교적 선선한 밤의 시간에 밖에서 시간을 보내는 것이 모든 생명체에게 있어 생활의 기본 방식이었다. 밤의 길이는 조금씩 변동이 있긴 했지만 낮보다 늘 더 짧았다. 연인들은 이 짧은 밤에 대한 아쉬움을 늘 토로했으며, 이 불만은 일종의 클리셰처럼 쓰였다. 이 행성에서.

그나마 계절이라고 부를 수 있는 것이 있다면, 건기와 우기였다.

건기에는 거대한 호수들이 바닥을 드러낼 정도로 건조하고 뜨거운 나날이 지속되었다. 바다를 제외한 물가는 쩍쩍 갈라졌고, 행성의 시민들은 모두 물을 아껴야만 했다. 우기가 되면 비가 지나치게 많이 내렸다. 중간쯤 되는 계절이 있으면 좋겠다고 모두 생각했다. 어떤 행성에는 계절이 네 개나 된다는데. 우기에는 물을 펑펑 쓸 수 있었다. 호수는 다시 거대해졌다. 하지만 모두 멀찍이 서서 볼 수밖에 없었다. 물가에 접근이 어려워지는 시기였다.

'지구'라는 행성에서 온 익명의 사용자가 보낸 사진에도 비슷한 계절이 있었다. 지구에서는 그 계절을 '여름'이라고 부른다는 사실도 알게 되었다.

행성 간의 온라인 교류가 가능해지고 난 뒤 너무 많은 정보가 쏟아졌다. 그에 대한 피로감을 토로하는 사람들도 있었다. 우리 행성의 이야기만으로도 피곤한데 굳이 다른 행성의 이야기까지 들어야 하나요.

익명으로 랜덤하게 사진과 짧은 메세지를 주고받는 이 어플이 유행한 것은 그나마 피로감이 적기 때문일 것이다. 무수히 많은 달이 떠 있는 행성의 사진. 온갖 초록으로 뒤덮인 행성의 사진. 다양한 모양새의 생명체들의 얼굴이 보이는 사진. 빗방울이 맺힌 창문.

지구가 궁금해진 것은 빗방울이 보이는 사진들에서 시작되었다. 이 행성의 우기와는 달라 보였다. 내내 몰아치기만 하는 이곳의 우기와는 다르게 지구의 빗방울은 작고 약해 보였다. 특징이라고 하기에는 사실 너무 약한 사진들이었다. 지구는 고요하고 아름다운 행성 같아 보였다. 달도 하나, 태양도 하나. 달은 아주 적절한 크기 같아 보였다. 지구에는 적절히 큰 바다가 있었고, 초록색이 있었다.

지구를 달고 있는 해시태그를 보는 것이 즐거웠다. 한 행성에서 모두 같은 언어를 공유하는 행성들과 달리 지구는 다양한 언어가 존재한다는 것도 알게 되었다.

여름 싫다. 지구 멸망 기원.

Earth, Korea, Seoul.

건기의 태양 빛과 닮은 지구의 여름 사진 아래 달린 글을 한참 들여다봤다. 자신의 행성이 멸망하기를 기원하는 누군가가 있구나. 이 행성에서는 행성들의 멸망을 관찰하기에 좋았다. 특히 건기의 대기는 구름도 없고 투명했기에 망원경을 잘 이용하면 멸망하는 행성들을 볼 수 있었다. 행성들은 멸망하기 직전에 가장 밝게 타오른다. 이 행성의 하늘에서 지구를 찾을 수는 없었다. 지구는 항성도 아니고 밝은 편의 별도 아니다. 지구가 멸망한다면 관측이 가능할 수도 있을까.

익명으로 이용하는 어플이지만 일종의 과정을 거치면 그

사람의 피드를 볼 수도 있다. 그 과정에는 매칭과 대화가 필요하다. 무의미한 교류를 막기 위한 장치라고 이 어플의 개발자는 설명했다. 너무 멀리 있는 것과 가까워지기 위해서는 이런 장치가 필요하다고 생각합니다. 쉽게 생각하지 마십시오. 제법 일리가 있는 이유였다.

어렵게 생각을 해볼까. 나는 지난 몇 주 내내 해시태그 지구만을 꼼꼼히 보고 있다. 그런데 이 지구의 멸망을 기원하면서 아름다운 햇빛의 사진을 올리는 이 지구인. 더욱이나 문제의 지구인이 끔찍이 싫어하는 것으로 보이는 계절은 이 행성에서 5억 년이나 지속된 계절이다. 궁금해질 수밖에 없다.

매우 조심스럽게, 어려운 마음으로 매칭을 위한 허가 요청을 보냈다. 창밖으로는 열풍이 불고 있었다. 멀리 보이는 호수에서 아지랑이가 피어오르는 것도 희미하게 보인다. 첫 번째 질문으로 지구의 여름에 대해서 물어봐야겠다. 그곳의 여름은 어떤가요. 얼마나 뜨겁나요. 뜨거워서 싫어하나요. 첫 질문을 떠올리니 이어지는 질문이 자꾸만 생겨났다.

MATCH!

여름

작은 진동과 함께 뜬 메시지. 매칭이 되었다는 신호였다. 어플을 사용하면서 처음으로 이뤄진 매치였다.

제가 살고 있는 곳에서 여름이라는 계절은 '열다'의 명사형에서 왔다고 해요.

Earth, Korea, Seoul.

뒤따라 뜨는 알림창에는 단정한 어투의 번역된 지구인의 말이 적혀 있었다.

그곳의 여름은 어떤가요.

Earth, Korea, Seoul.

창밖으로 내려다보면 한낮의 태양이 쏟아져 내리고 있다. 대부분의 행성인들이 낮잠을 청하는 시간. 카메라를 들고 창밖을 찍으려다가 이내 내렸다. 지구의 여름 사진에 비하면 황량하기 짝이 없을 것이다.

이 행성은 지금 건기라서 매우 뜨겁고 건조해요. 여름만 있는 행성이에요. 여기는.

C-286, South Area.

대신 짧게 보낸 메시지가 번역되는 시간 동안 잠시 창문을 열어 열풍에 손을 건네 보았다. 태양이 가장 높이 뜬 시간이었다. 낮이 점점 더 길어지고 있었다. 곧 일 년 중 낮이 가장 긴 날이 올 것이다. 이 행성에서 그날은 가족들과 시간을 보내는 날로 정해져 있다. 모두 일을 멈추고 집에서 시간을 보낸다. 누군가에게는 휴식의 시간이지만 누군가에게는 격리에 가까운 시간이 되기도 한다. 후자에 가까운 나에게는 일 년 중 가장 외로운 날이기도 하다.

알림과 함께 날아온 이 행성에 처음부터 여름만 존재했냐는 질문이 반갑게 느껴졌다. 이 지구인은 계절에 대해 깊이 감각할 것이다. 그렇게 추측하게 되었다. 검색 기능을 켜서 사라진 봄의 담긴 비문의 글을 복사했다. 여기에도 봄이 있었어요. 사라졌지만.

여름

지구에서 가장 오래된 비문은 노래를 담고 있어요.
함께 보내봅니다.

살아있는 동안, 빛나기를!
결코 슬퍼하지 말기를!
생은 찰나와도 같으며
시간은 끝을 청할 테니.*

Earth, Korea, Seoul.

  어떤 음으로 불렀던 노래일까. 많은 점이 유사한 지구이지만 혹시 노래의 형태도 비슷할까. 마침 켜둔 라디오에서는 오래된 노래가 흘러나오고 있었다. 가사를 따라 흥얼거리며 메시지창을 조심스럽게 다시 본다. 지구가, 이 익명의 지구인이 자꾸만 더 궁금해진다.

---

* 세이킬로스의 비문에 새겨진 가사. 기원 후 1~2세기경에 제작된 것으로 추정되는 이 비석이 금석학적으로 특별한 것은 바로 현존하는 악보 중에서 곡이 완성된 것으로는 가장 오래된 음악이 새겨져 있다.

○

 메시지를 보내오는 지구인은 진심으로 지구의 멸망을 기원하는 사람 같지는 않아 보인다. 사진을 찍는 솜씨가 좋고 늘 좋은 문장을 쓴다. 언어를 공부하고 있다는 메시지를 받았을 때 고개를 끄덕인 것도 그런 문장들 덕분이었다. 번역을 거치기 때문에 어떤 문장을 쓰고 있는지 정확히 다 알 수는 없겠지만. 짐작하며 더듬어 가는 동안 시니컬하게 모든 것을 묵묵히 바라보는 시선을 느낄 수 있었다.

여름

어떤 것이든 열 수 있을 것 같은 여름밤.

Earth, Korea, Seoul.

지구 특유의 아름다운 나무 아래에서 밤하늘을 찍은 사진과 함께 올라온 글을 보며 새삼 그런 생각을 하게 되었다. 아무래도 지구와 이 행성은 대체로 비슷한 시간대에 놓여 있는 듯 했다. 그 말은 자전과 공전의 주기가 비슷하다는 말이기도 했다. 지구인과 메시지를 주고받으면서 지구와 이 행성의 공통점을 하나씩 알게 되었다. 가장 흥미로운 점은 발음하는 구조가 거의 유사하다는 점이었으며, 언어를 주고받는 방식도 유사하다는 점이었다. 많은 행성에서 발음하거나 글로 남기지 않고 소통하기도 한다. 이 어플을 사용하는 다른 행성인들은 대부분 글로 소통하는 방식을 택한 행성인이기는 하지만 발음까지 유사한 것은 지구가 거의 유일무이한 것으로 보였다.

발음하는 구조가 유사한 덕분인지 지구인들의 외양도 이 행성인들의 외양과 제법 닮아 보였다. 이 또한 흔한 일은 아니다. 다른 행성의 행성인들을 생각하면 대체로 기괴하거나 불쾌한 감각이 떠올랐지만, 지구인의 외양을 생각하면 어딘가 모르게 친숙함이 느껴졌다. 그런 생각들이 이 지구인과의 대화를 이어 나가는 데에 도움이 되고 있을지도 모르겠다.

> 손이 해내는 많은 일들.
>
> Earth, Korea, Seoul.

하얗고 윤이 나는 손의 사진이 올라왔을 때도 그런 생각을 하던 참이었다. 유사한 지점이 있어서인지 지구인이 짧게 올리는 글에 덩달아 많은 생각을 하게 되는 나날이었다.

> 손은 정말 많은 일들을 해내지요. 무언가를 꽉 잡고, 들어 올리고, 무언가를 만들어 내고, 무언가를 만져서 촉감을 느끼고, 누군가는 입 대신 손으로 말을 하기도 해요. 그리고 저는 늘 이 모든 손이 해내는 일이 사랑과 닿아 있다고 생각해요.
>
> Earth, Korea, Seoul.

여름

지구인의 손과 다르지만 비슷한 역할을 하는 손을 다시 내려다보면 거기에는 너무 많은 이야기가 있다. 이 행성에서 손을 잡는 행위는 매우 친밀한 감정을 나타나는 행위다. 손을 잡고 다니는 것으로 관계를 판단하기도 한다. 더 이상 손을 잡지 않게 되는 순간으로 관계를 판단하기도 한다. 건기의 밤을 걸으며 손을 잡았던 이들을 생각하게 된다. 뜨겁고 축축하지만 계속해서 닿아 있던 순간들. 지구의 여름밤에도 그런 순간이 있을 것이라고 짐작해 본다.

세 개의 달이 모두 꽉 찬 형태로 빛나고 있다.

지구인과의 대화에서 '멂'의 감각은 위로로 다가온다. 닿아 있어야만 친밀한 것이라고 믿는 것과 반대의 지점에 있는 것처럼 느껴진다. 지나치게 가까이 있기에 볼 수 없는 것, 들을 수 없는 것을 생각하게 된다. 언젠가 지구인이 알려준 지구의 어느 언어가 만든 '가보지 않은 곳에 대한 향수'를 떠올렸다. 푸른 지구의 여름밤. 갈 수 없을 그곳에 대해서 향수와 비슷한 감정을 느끼게 된 스스로가 어색하다.

우주의 관점에서 영원한 것은 없을 것이다. 지구인의 불평 섞인 메시지에서 지금과 같은 지구의 여름밤도 영원하지는 않을 것이라는 추측도 하게 된다. 지구인이 종종 바라는 지구의 멸망도 충분히 있을 수 있는 일이다. 우주에서 별에게 주어지는 시간은 길고도 짧다. 별은 천천히 오랜 시간에 걸쳐서 죽어가기 마련이다. 한 생명체가 겪는 시간은 그에 비하면 더욱더 짧다. 그리고 누군가가 누군가와 관계를 맺는 시간은 더욱 짧다.

시간의 폭을 좁혀 나가다 보면 지구인과의 대화가 소중하고도 아쉽게 느껴진다. 지구와 이곳을 오갈 수 있는 미래도 오긴 할 것이다. 과학자들이 가장 집중해서 발전시키고 있는 부분이고, 지금의 속도라면 얼마든지 가능한 일이 될지도 모른다. 굳이 다른 행성에 발을 닿고 서고 싶다는 생각을 한 번도 해본 적 없지만 지구의 여름만은 닿아보고 싶어진다.

기대 금지. 실망 금지.

Earth, Korea, Seoul.

언젠가 지구인이 피드에 쓴 글을 보며 웃었다. 지구인의 삶에 대한 태도가 가장 잘 느껴지는 부분이라고 생각했다. 어떤 것도 기대하려고 하지 않는 생명체. 그럼에도 묵묵히 살아가는 생명체. 모순적이지만 아름다운 태도라고 생각하게 된다. 지구의 여름에 닿고 싶다는 이 기대감도 어쩌면 금지하는 것이 맞을 것이다. 가능성이 아직은 매우 낮은 일이다. 그리고 막상 겪게 되면, 만져보게 되면 지금의 기대와는 멀어질지도 모른다. 그런 순간에 자꾸만 '그럼에도 불구하고'라는 말을 붙여보게 된다. 이 말이 끼어들면 거짓말처럼 모두 괜찮을 것이라고 믿게 된다.

> 너는 내게 마음껏 불을 질러도 좋다는 말을 하고, 나는 불씨를 모조리 밟아 끄고 화기라고는 모르는 사람이 되어 하나의 작고 수수한 불에 모든 먼지를 태우고 싶어질 때. 같이 나무 앞에 앉아 나무보다 더 선명한 그림자를 알아가는 밤에. 먼 행성의 알지 못할 노랫말을 듣고도 홀연히 함께 슬퍼질 때. 모든 거짓의 멸종을 바라고 싶어질 때. 거짓도 우주의 진리가 될 수 있을 때. 서로의 허기진 소리를 들을 수 있는 거리에 놓였을 때.
>
> Earth, Korea, Seoul

고개를 들어 멀리 내다보면 아주 조금 남은 호수의 물기가 달빛에 반짝인다.

문득 이름을 불러보고 싶어진다.

그렇게 여름은 계속될 것이다.

5억 년 동안의 여름
Side B

◯

아무래도 지구가 멸망하고 있는 것만 같아. 겨울을 지내고 있는 남극에서 눈 대신 비가 내린다는 뉴스가 흘러나오고 있었다. 남부 유럽에서는 두 달 내내 산불이 멈추지 않는다는 뉴스도 뒤따라 나온다. 지구야 미안해. 지구야 멸망하지 마. 아니야. 지구야 함께 멸망해.

여름

양립할 수 없는 두 갈래의 마음이 저마다 소리치고 있었다. 멸망을 향하고 있는 지구에서도 아이들은 계속해서 태어났으며, 그 아이들의 미래를 생각하면 지구는 언제까지나 살아 있어야 했다.

여름이 자꾸만 짙어지고 있다. 사계절이 무색해지고 있었다. 태양이 더 뜨거워지고 있다는 소식, 오존층이 무너져 버렸다는 소식. 그런 소식들이 짙어지는 여름에 과학적인 근거를 더했다. 태양이 커지고 뜨거워지고 있다는 소식은 피부 가까이 느껴졌다. 하늘을 올려다보면 태양은 지구로 쏟아질 기세로 타오르고 있었다. 고개를 들고 손차양을 만들어서 보면 손가락 사이로 쏟아지는 햇빛이 아름다웠다. 햇빛이 선명해지는 정도로 그늘도 선명해졌다.

이어폰을 꽂고 재생되는 노래의 제목을 들여다봤다. Yesterday's Love. 어제의 사랑. 잔인한 제목이라는 생각이 들었다. 오늘도 내일도 아닌 어제의 사랑이라니. 가사는 예상한 바에서 크게 벗어나지 않았다. 어제의 사랑이 영원히 가버렸어요. 하와이안 밴드의 곡이다. 밝고 화사한 음악 위로 흐르는 가사는 내내 어제의 사랑을 찾고 있었다.

어제에 남아 있는 것들. 지구에는 그런 것이 자꾸만 늘어가고 있었다. 그것을 슬프게 여긴 사람들에게는 과거형을 쓰지 않는, 현재형과 미래형의 동사만으로 일기를 쓰는 것이 유행하고 있었다. 어떤 것도 기대하지 않기. SNS에는 그런 형식의 문장들이 범람했다. 나는 그것이 지구가 멸망하고 있다는 방증이겠다는 생각을 했다.

너무 많은 뉴스와 그런 문장들을 피하고 피하다 보면 하나 남는 어플이 있었다. Show me your planet. 직관적인 이름의 어플에는 말 그대로 각자의 행성을 보여주는 사진들과 짧은 메시지가 익명으로 교류되고 있다. 멀리 있는 이야기일수록 쉬워 보이는 법이다. 닿을 수 없는 이야기라서 그저 다 좋아 보이는 법이다. 일종의 회피에 가깝다.

여름이 아닌 계절을 알려주세요.

C-286, South Area.

랜덤한 방식으로 뜨는 피드에서 잠시 눈을 멈춘 문장은 이러했다. 알려달라는 말의 전제에는 모른다는 사실이 깔려

있다. 버스를 오르고 내리는 그을린 사람들의 목덜미를 보며, 창밖으로 쏟아지는 햇빛을 보며 '여름'을 새삼스럽게 다시 생각해 보게 되었다. 이 메시지를 올린 행성의 사람에게는 여름만이 존재하는 걸까. 이런 식의 여름이라면 끔찍하겠다는 생각과 동시에, 그것이 익숙한 행성인에게 별일이 아니겠다는 생각도 들었다.

이 어플의 이상한 지점은 익명으로 존재하지만 닿기 위해서 전혀 알 수 없는 누군가와 친밀해져야만 한다는 것이었다. 매칭을 위한 사인을 보내고 서로가 허가를 한 뒤에 24시간 이내에 대화가 이뤄져야만 한다. 지구의 데이팅 어플과 너무나도 흡사한 방식에 사람들은 이 어플의 개발자가 틀림없이 지구인일 것이라고 의심하고 있었다. 절대 데이트를 할 수 없는 생명체들과 닿는 방식으로 데이팅 어플을 끌고 온 것이 늘 웃기다고 생각했다. 외계인이랑 데이트라도 하란 말인가. 도대체 어떻게.

여름만 있는 행성인에게 다른 계절을 알려주는 것에 어떤 의미가 있을까. 가질 수 없는 것에 대해 떠벌리는 것에 불과하지 않을까. 그런 고민도 잠시 이 끔찍한 여름만 있는 행성의 사람에 대해 궁금해지기 시작했다.

MATCH!

매칭 버튼을 누르기 무섭게 울리는 알람에 들여다본 화면에는 별이 쏟아지고 있었다. C-286의 이름 모를 생명체도 깨어 있는 시간대일까. 언젠가 라디오에서 들은 문장이 불쑥 생각난 참이었다. 여름의 어원에 대한 문장. 처음 건네는 인사로는 어색하려나 싶다가도 여름만 존재하는 행성의 사람에게 해주고 싶은 말이라는 생각이 들었다.

단어들의 어원에 대한 집착 비슷한 성미는 아주 어렸을 때부터 자리 잡고 있던 것이었다. 어떤 단어가 생겨난 시작점을 알고 어떻게 변해 왔는지 아는 일에 공을 들일수록 일상의 단어들이 저마다 빛을 내고 있었다. 언어학을 공부하고자 한 것은 어쩌면 당연한 진로 선택이었을지도 모른다. 언어학 전공을 선택했던 시점은 지구의 언어학자들에게 새로운 시기가 열리고 있던 시기였다. 행성 간의 언어 교류가 꾸준히 이어져 온 덕분에 지구 바깥의 언어에 대한 연구에 불이 붙기 시작한 지점이었기 때문이었다. C-286. 그 행성에 대한 논문도 본 기억이 문득 떠올랐다. 지구인과 비슷한 구

강 구조, 성대를 가지고 있기에 언어를 발음하는 방식이 가장 유사한 행성.

빠르게 다시 돌아오는 답장에 이내 화면으로 고개를 돌렸다. C-286에는 건기와 우기가 존재하는 듯하다. 건기라면 지금 지구의 날씨와 유사할까. 짙어진 나뭇잎들이 버스 창밖에서 조용히 흔들리고 있다. 쉽게 지치는 여름을 좋아하지는 않지만, 마냥 싫어할 수도 없는 이유는 모든 생명체들이 조금 더 짙어지기 때문이다. 멀리 보이는 산의 색도 무성하게 짙어져 있다. 버스에서 다시 흘러나오는 남부 유럽의 산불 뉴스가 아주 먼 일처럼 느껴진다. 같은 행성의 일도 닿아 있지 못하면 이렇게나 멀게 느껴지는데 다른 행성의 일은 어떨까. 이 어플을 계속 들여다보게 되는 이유도 거기에 있다. 평생의 시간을 다 바쳐도 닿을 수 없는 장소의 풍경들. 거기서 이상하게도 위로를 받곤 했다.

어플을 사용하면서 누군가와 매칭이 된 것은 처음이다. C-286에서 보내온 메시지 속 행성인도 처음이라고 한다. 그의 피드를 보고 있으면 영원한 여름의 풍경이 그려졌다. 모든 것을 태울 듯이 뜨거운 대기의 이미지, 모든 것이 잠길 듯이 큰 호수의 이미지. 그런 이미지들이 피드를 채우고 있었다. 지구도 이런 식으로 계속해서 기온이 올라간다면 여름만 있는 행성이 될 수도 있을까. 그러기에는 지난겨울의 혹독한 추위가 생생하다. 아마 계절의 변화가 생긴다면 봄과 가을이 희미해지는 정도가 아닐까.

C-286은 처음부터 여름만 있었나요?

Earth, Korea, Seoul

메시지를 주고받을수록 궁금한 것이 많아졌다. 활동하는 시간대가 비슷한 C-286의 행성인은 답장 속도도 빠른 편이었다. 이용하는 어플의 대부분을 알림 없이 쓰고 있었지만, 이 어플의 알림은 이상하게 꺼둘 수가 없다.

이 행성에서 가장 오래된 비문에 봄에 대한 기록이 존재하긴 합니다. 그래서 행성인들에게 봄은 사라진 계절이기도 해요. 비문의 내용은 이렇습니다. 지구에 아직 존재하는 봄과 닮아 있을까요?

여름

봄의 대제전
흰옷을 입은 무리의 사람들이 춤을 추네.
꽃이 떨어지는 자리마다
술과 향기가 넘쳐흐르네.
대지의 신이 기지개를 켜며 일어나는
봄
연둣빛 잎들이 지저귄다

C-286, South Area.

답으로 온 메시지를 한참 보았다. 아름답다. 지구의 고대의 풍경과 닮은 구석도 있어 보인다. 기록의 첫 순간. 지구가 지금보다는 더 깨끗하고 맑았을 순간을 덩달아 그려보게 되었다. 지구의 역사에 비하면 그 순간에서 지금까지의 시간은 아주 짧을 것이다. 너무 자주 지구의 멸망을 기원하면서도 지구가 오래 버텨주길 바라는 마음은 이런 순간에서 온다.

어플을 둘러보아도 지구처럼 아름다운 행성은 지극히 드물다. 오랜 시간 과학자들이 준비하는 행성 간 이주 프로젝트가 번번이 실패하는 이유도 여기에 있었다. 지구인들은 너무나도 당연하게 아름다운 색감을 누리며 살아왔다. 하나의 태양과 하나의 달만이 존재하는 고요한 대기를 누리며 살아왔다. 여러 개의 태양이나 달이 존재하는 행성의 하늘을 견디기는 어려울 것이다. 바다가 없는 행성으로 이주한다면 영영 바다를 그리워하게 될 것이다. C-286의 행성인들이 영영 봄의 풍경을 그려보고 있는 것처럼.

○

지구인들에게 손은 어떤 의미인가요

C-286, South Area.

에어컨이 돌아가는 방안은 수족관처럼 썰렁하다. 해가 지고 저녁도, 밤도 남아 있다. 그럼에도 어둑해지기 시작하면 하루가 다 가버린 기분에 포옹이 필요해진다. 포옹은 두 사람이 하는 일이지만, 가끔 무릎을 끌어안은 채로 창밖을 보면 혼자라도 포옹할 수 있었다. 그런 저녁에 온 메시지에 이상하게 사랑을 떠올리게 된다. 손이 해내는 일이 무엇이냐는 질문과 사랑은 멀어 보이지만 너무나도 가까워 보이기도 한다.

문득 C-286에서 '사랑'이라는 단어를 발음하는 방식이 궁금해졌다. 지구, 그리고 한국에서 '사랑'이라는 단어는 발음만으로도 무언가를 불러일으킨다. 시옷이 만들어 내는 생생함, 모음들의 조합이 만들어 내는 둥근 느낌, 이응으로 닫히며 감싸 안는, 이 단어.

발음은 듣는 상대의 귀를 향하기도 하지만 이런 방식으로 발음하는 사람에게 영향을 미치기도 한다. 어떤 단어 아래의 듣는 이와 말하는 이가 동시에 영향 아래에 놓이게 되는 것. 능동도 수동도 아닌 형태.

C-286의 행성인과 대화를 시작한 이후 종종 그들의 언어에 대해서 찾아보게 되면서 놀랐던 지점은 그들의 언어에서 중간태가 자주 쓰인다는 것이다. 지구에서는 희랍어나 라틴어에서 나타난다.

중간태를 알고 난 뒤로 모든 동사가 중간태로 느껴진 적

여름

이 있다. 어떤 동사의 주어가 되어도, 완벽하게 수동적인 주체도 능동적인 주체도 될 수 없지 않을까. '너에게 —을 말한다'는 무척 능동적이고 목적어에게 분명히 향하고 있는 것처럼 보이지만, 말을 한 뒤 한동안은 주어인 '나'도 그 영향력의 범위 속에 들어가 있을 수밖에 없다.

Ferimur per opaca locorum.
우리는 컴컴한 장소를 거쳐서 간다.

이런 식의 예시 문장들을 보며 C-286의 행성인을 생각했다. 아마도 번역의 과정에서 이런 중간태의 활용은 많이 생략되는 듯했다. 그가 건넨 메시지들을 다시 살펴보며 도저히 닿을 수 없는 곳의 풍경도 그려봤다.

해가 다시 짧아지고 있다. 밤은 조금 길어진다. 여름이 지나가고 있음이 느껴지는 밤이다. 얼마 전에 C-286에서 온 메시지에서 그곳의 낮이 가장 긴 날에 대한 이야기가 담겨 있었다. 지구의 하지와 같은 날일 것이다. 지구에서도 몇몇 나라에서는 하지를 특별히 여겨 축제가 열리곤 한다. C-286

의 낮이 가장 긴 날은 해를 피하는 날에 가까워 보인다. 가끔 보게 되는 한낮의 풍경을 떠올려 보면 그 행성의 생명체들이 밤을 그토록 찾는 이유를 알 것 같기도 하다. 지구의 여름밤도 생각해 보게 된다. 푸른 저녁과 매미 소리가 들리는, 조금이나마 더 걸을 수 있는 여름밤.

곧 수성이 역행하는 시기가 돌아오겠군.

어플에서 알게 된 흥미로운 사실은 많은 수의 행성인들이 점성술을 믿고 있다는 것이었다. 아마 가장 많이 공감대를 생성하는 이슈일지도 모른다. 각자가 믿는 별자리는 다를지라도 별자리에 대한 전설이 내려오는 방식, 태어난 시기와 별자리를 연결 짓는 방식 등은 이상할 정도로 닮아 있었다.

지구에서 점성술을 믿는 사람들에게 수성이 역행하는 시기는 말실수를 하거나 거래가 끊기거나 타이어가 펑크나고 컴퓨터가 고장 나는 불운의 기간이라고 한다. 수성 역행은 천문학적 용어로 수성이 궤도와 반대로 움직이는 것처럼 보이는 시기를 가리킨다. 실제로는 거꾸로 가는 게 아니라 지구와 궤도가 겹쳐 거꾸로 가는 것처럼 보일 뿐이다. 보이는 대로 믿을 수밖에 없는 것이 지구인, 인간의 한계일까.

여름

하늘을 올려다보면 조금 탁한 대기에 가려진 별과 달이 보인다.

여기에서는 주로 달의 모양과 위치로 운세를 봐요. 태어난 날 세 개의 달이 만들어 내는 자리와 모양에 따라서 평생의 운명이 정해진다고 믿어요.

C-286, South Area.

C-286의 운세를 보는 방식도 비슷하구나. 손에 잡히지 않는 것들을 믿는 방식도 비슷하구나. C-286 행성인에게 당신의 운명은 어떠하냐고 묻고 싶었지만 이내 메시지창을 꺼버렸다. 지나치게 가까워지는 것을 경계하는 방법이다. 지구의 어느 누구보다도 가장 많은 메시지를 주고받고 있다는 사실이 생경하게 느껴지는 순간이 있다. 그리고 그 순간을 알아차리게 되면 닿을 수 없다는 이유만으로 마음을 놓고 대하는 스스로가 비겁하게 느껴지기도 했다. 당신의 운명은 세 개의 달이 어느 위치에 있을 때 태어났나요. 건네지 못하는 질문에 손이 간지러워진다.

해는 눈으로 보기 어렵지만 달은 눈으로 또렷하게 볼 수 있다. 어느 밤이라도 누군가의 어깨너머로 본 달은 매번 다른 형용사가 붙었지만 항상 같은 달이었다. 별도 같다. 계절이 바뀌고 사람이 바뀌어도 별과 달이 바뀔 수는 없는 일이다.

달처럼, 무드에 기대지 않고도 존재하고 싶다. 말로 존재하고 싶다. 무드에 갇혀서 정작 하고 싶은 말은 참는, 참다가 잊어버리는, 그런 식으로 존재하고 싶지 않다. 형용사에 부사를 끌어다 쓰느라 주어와 동사의 위치를 잃어버리고 싶지 않다. 접속사로 겨우 붙여둔 문장이고 싶지 않다. 이러이러하지만, 이런 나. 결국 '하지만'이 만드는 무드에 또 갇힐 뿐이다. 이러이러한 나도, 이런 나도 별개의 문장으로 존재할 수 있어야 한다. 느낌을 모두 쫓아내고 남은 나를 생각한다. 시간과 공간과 나만이 남은 문장을 생각한다.

이런 방식으로 하나씩 지워가며 스스로를 외롭게 만들다가도 메시지 알림이 울리는 순간 무너져 내린다. 이름을 부르지 않고도 이렇게 친밀한 감정을 느끼는 것이 어색하게 느껴진다. 입버릇처럼 말하는 여름이 얼른 끝나버렸으면 좋겠다는 말도, 지구의 멸망을 기원하는 말도 소용이 없어진다. 지구의, 인류의, 나의 시간이 얼마든지 길어져서 수십억 광년

여름

을 뛰어 넘어 닿게 되는 순간이 오기를 기대해 보기도 했다.

이름을 붙이기 어려운 감정. 한 단어로 정의할 수 없는 무언가의 앞에 서면 말이 길어지거나 어떤 말도 할 수 없게 된다. 오늘의 선택은 길게 말을 해보는 것. 손을 망설이지 않고 메시지를 보내 보는 것. 채워 나가는 메시지창 앞에서 마음은 점점 더 홀가분해진다. 번역이 되는 시간 동안 달을 다시 올려다본다. 아마도 마음이 이렇게 흐르는 이유에는 사라지지 않길 바라는 지구의 여름밤의 자리도 분명히 있을 것이다.

짧은 답으로 우리 행성의 아름다운 노래 가사를 보내요.

누구보다도 많은 내일을 필요로 하면서 내일 쯤은 멸망해도 좋다는 식으로, 모든 오늘과 내일, 밤과 낮의 경계를 밟으며 희미하게 만들자는 보폭으로 밤 산책을 하자.

C-286, South Area.

C-286의 영원히 지속될 여름을 생각했다. 세 개의 달이 뜬 그 행성의 여름밤도 생각했다. 밝은 밤 아래를 걷고 있을 연인들. 노래를 흥얼거릴 C-286의 이 행성인. 생각할수록 그 모든 풍경이 선명해지고 있었다. 닿을 수 없더라도.

　여름은 '열다'의 명사형.

　무엇인가가 열리고 있다.

　영원히.

여름

or Fall

열세 번째 대답은 어디로 갔을까

○

 누군가에게 가을은 독서의 계절일 것이고, 쓸쓸함의 계절일 것이다. 하지만 누군가에게 가을은 어떤 스포츠의 계절이다. 야구. 전국의 야구팬들에게 깊어지는 가을은 가을 야구가 다가오고 있음을 뜻한다.

 금연, 다이어트는 혼자만의 의지로 힘듭니다. 건망증에 잊어버린 말을 찾고 계십니까.

가을

J가 말해준 건물 앞에 서서 실눈으로 작은 간판을 찾았다. 5번 출구로 나오면 바로 보이는 은행이 있는 약간 낡은 건물이 있거든, 거기 1층에 우리 동네에서 제일 유명한 꼬치 가게 알지? 전에 같이 먹었던 데 기억나지? 거기 옆 계단으로 올라가면 피아노 학원이 하나 있는데 그 옆에 화장실 옆에 있는 문이 있어. 거기에 가봐. 네가 찾는 것이 있을지도 몰라.

J의 말을 되새기며 들어간 건물의 2층에서는 얕게 켜켜이 겹쳐진 피아노 소리들과 조금 축축한 공기가 있었다. 복도에는 누구도 서 있지 않았다. 축축한 공기에서 아이들의 땀 냄새와 화장실 냄새, 파우더리한 향수 냄새가 옅게 나고 있었다. 화장실을 지나니 정말로 문이 있었다. 기 치료, 최면 치료로 당신을 찾는 시간. 초록색 명조체의 간판을 다시 읽고 숨을 잠시 들이켰다.

"네가 찾는 것이 있을지도 몰라."

J의 표정을 다시 떠올리며 숨을 크게 내쉬었다. 방에는 초록색 플라스틱 의자 다섯 개와 짧은 모피 코트에 운동화를 신고 분홍색 유치원 가방을 한쪽 팔에 들고 있는 여자가 앉지

도 서지도 못하고 있었다. 여자의 어깨너머로 '상담실'이라는 문패가 붙은 문이 하나 더 보였다.

손님이 혼자만이 아니라는 사실은 퍽 위안이 되었다. 잠시 플라스틱 의자에 앉을까 고민하다 보니 모피코트를 입은 여자처럼 앉지도 서지도 못하는 자세가 되었다. 그것이 이상하게도 꽤 편하게 느껴져 기다리는 동안 그 자세로 있기로 하였다.

바닥을 보며 그날 밤의 첫 번째 질문, 열다섯 번째 대답, 일곱 번째 대답, 다섯 번째 질문을 하나씩 체크하고, 다시 제 순서를 찾아 h의 표정과 맞추어 보기도 했다. 지난 1년 동안 수도 없이 반복한 일이었다. 열세 번째 대답만 찾을 수 없었다. 열세 번째 질문 혼자 남아 짝을 찾지 못하고 h의 타박하는 얼굴과 함께 떠다니는 것이었다.

그러니까 그날 밤은 이상했다. 13 대 1로 지고 있던 야구 경기의 스코어는 13 대 14로 뒤집어져 있었다. 7회 말과 8회 말 사이였다. 다시 켠 화면에서는 7회 말에 삼진 아웃당한 7번 타자가 의기양양하게 배트를 휘두르며 준비 동작을 취하고 있었다. 그 타자의 준비 동작은 늘 크고 우스꽝스러워서

가을

나는 재롱이라도 피우듯이 h 앞에서 그 폼을 따라 하곤 했다. 사투리를 쓰는 해설위원이 8회에 두 번이나 타석에 올라서고 있다고 설명하는 동안 투수가 교체되었다.

h는 그 해설위원의 말투를 퍽 잘 따라 했다. 그날도 따라 했을 것이다. 교체되어 나가는 투수의 뒷모습과 들어서는 투수의 얼굴을 보며 h는 교체된 투수가 홈런을 맞을 것이라 말했다. 늘 그런 식이더라고. 늘 그런 식이야. 야구라는 스포츠가 그래. h의 말처럼 야구가 늘 그런 식이기 때문인지 교체된 투수가 던진 공은 7번 타자의 배트에 맞고 좌익수 뒤의 담장을 훌쩍 넘겼다. 투런 홈런이었다.

"늘 그런 식이라니까. 정말로 그래."

h는 홈런을 맞고 또 교체되어 나가는 투수의 뒷모습에 대고 그렇게 말했다. 누구도 탓하지 않는 말투와 표정으로. 같은 문장을 두어 번 더 말하고는 일어서더니 문을 열고 나갔고, 다시 돌아오지 않았다. 교체되어 나가는 투수처럼 걸어 나갔다. 이상한 일이었다. 그날 밤에 대해서라면 모든 기억이 너무 자세하게 남아 있지만, 또 어떤 것도 남아있지 않

기도 했다.

우리는 대화를 했다. 7회 말과 8회 말 사이, 타자들이 1루에서 2루에서 3루로 홈으로 13명이나 뛰어 들어온 그 사이에 우리는 어떤 대화를 했다. 잠시 텔레비전을 끄고 H는 물었고, 나는 대답을 했고, 또다시 묻고 대답하고, 열다섯 번째 대답까지 마친 뒤에 킨 화면에서 우리는 7번 타자의 얼굴과 다시 마주쳤다.

h는 연거푸 이상한 일이라고 말했다. 이상한 일이야. 이상해. 나는 역시 공은 둥그니까, 야구는 9회 말 투아웃부터라느니 하는 말을 꺼내볼까 했지만, 안 하느니만 못한 말이라는 생각이 들었다. 입을 다물고 화면을 보는 체해야 했다. 시끄러운 정적이었다. 이상한 것은 야구가 아니었다.

모피코트 입은 여자의 운동화가 상담실에서 나와 앞을 지나갔다. 고개를 들어 표정을 살펴볼까 싶었지만, 무례한 일이려나 싶어 운동화가 지나가는 내내 바닥을 보고 있었다. 상담실에서는 절에서 피우는 향냄새가 새어 나왔다. 내 차례임을 말해주는 듯했다. 상담실 안은 암막 커튼으로 쌓여 대낮인데도 캄캄했다. 그리고 주황색 스탠드가 켜진 책상 곁에

가을

가운을 입고 머리가 조금 까졌지만, 그런 것 치고는 젊어 보이는 남자가 능숙하게 웃고 있었다. 자연스럽지는 않았지만 능숙하다는 것에 괜스레 더 믿음이 갔다.

"무슨 일로 오셨습니까?"
"누구랑 대화를 했는데 한 부분만 기억이 나지 않아서요."
"무엇이든 찾을 수 있습니다. 직접 입으로 한 말이라면 말을 한 기억이 어디 갈 수는 없으니까요. 무의식의 세계에서는 무엇이든지 찾을 수 있지요. 찾고 보면 별말이 아닐 수도 있습니다. 그럴 경우에도 환불은 불가능합니다."
"별말이 아닌 말도 있나요."
"때에 따라서는 있지요. 때에 따라서는. 눈을 감고 심호흡을 하세요. 몸에 힘도 다 뺍니다. 준비가 되면 대답을 찾으러 우리는 10월 19일 밤으로 돌아갑니다."

이상한 주문과 함께 돌아간 10월 19일 밤에 묻고 또 묻는 h의 열다섯 개의 질문과 텔레비전 속 숫자들과 해설위원의 사투리와 h의 옅은 웃음소리와 희미한 나의 열다섯 개의 답이 뒤섞여 있었다. 석 달 동안 수도 없이 기억해낸 그대로의 밤이었다. 소파 왼편에 앉은 h는 묻고 오른편에 앉은 나는 대답해야 했다. 야구 언제까지 볼 거야? 내일은 뭐 하려고 그래? 지난주에 내기로 한 관리비는 냈어? 아까 저녁 먹고 속 안 좋다고 하더니 괜찮아? 나는 모든 질문에 꽤 착실하게 대답했다. 그것도 틀림없이 기억하고 있는 그대로의 자세였다. 스위치를 누르듯이 상담사의 목소리를 들으면 그 장면의 나와 h가 소파에 앉아 이야기를 나누고 있었다.

"상대방이 하는 질문을 따라서 우리는 열세 번째 질문으로 가봅니다. 무엇이라고 물었나요?"

"제가 다리를 떨고 있었는데요. 다리를 보더니 왜 다리를 그렇게 떠냐고 물어요."

"그래서 무엇이라고 대답하나요."

"지금 13대 1로 지고 있었다고, 혹시 모르니까 얼른 다시 야구나 보자고 합니다."

다시 주문과 함께 돌아온 의자는 소파가 아니었고, 장면 속 h도 나도 사라진 말끔한 현재의 시간이었다. 향냄새가 먼저 나고, 상담사의 까진 이마와 덜 닦은 안경이 보이기 시작했다. 능숙하게 웃어 보이던 얼굴로 안경을 닦으며 최면이

가을

아주 효과적으로 잘 되었다고 말했다. 칭찬이 될 수 있을지는 모르겠지만, 칭찬하는 말투로. 능숙하게 책상 옆 서랍에서 상담실 안에서 피우고 있는 향이 담긴 상자를 건네주었다.

"상담 비용 5만 원에 포함된 향 세트입니다. 건망증에 또 시달릴 때 피우면 진정 효과가 있습니다."

능숙한 말투의 마무리였다. 가방을 챙기지 않아 맨손으로 그 상자를 받아 들고는 모피코트 입은 여자의 운동화처럼 상담실을 걸어 나왔다. 조금 더 무거운 문을 지나 화장실 냄새와 피아노 소리를 지나 걸어 나왔다. h의 쏟아지던 질문과 왼편에서 나를 보던 표정을 생각했다. 열세 번째 대답에서도 이유는 찾을 수 없었다. 1층으로 걸어 나와 다시 고개를 올려 2층의 간판을 보았다. 나는 무엇을 찾고 있었으며, 무엇을 찾았지. 그제야 나를 생각했다. 열다섯 번의 대답을 하면서 한 번의 질문도 하지 않았다. 그날 밤은 열다섯 번의 질문과 대답이 있었던 밤이 아니라, h는 한 번의 대답도 하지 못하고 나는 한 번의 질문도 하지 못한 밤이었다. 손에 든 상자의 무게감이 꼭 h가 닫고 나간 문의 무게감 같다는 기분이 들었다. J에게는 네 말대로 찾던 것을 찾았다고 말해 주어야겠다고 생각하며 상자를 고쳐 쥐었다.

다시 또 가을이 지나가고 있었다.

계절 환청

◯

너는 공원을 가로지른다. 고궁 앞에 조성된 작은 공원을 가로지른다. 공원에는 큰 은행나무가 하나, 둘, 셋. 벤치가 하나, 둘. 너는 은행나무의 나이를 가늠한다. 이내 실패한다. 실패하고도 너는 계속해서 은행나무의 시간에 대해 생각한다. 50년, 100년, 200년. 나무를 기점으로 그 시간 동안 바뀌어 왔을 풍경들도 생각한다.

지난주에 탄 택시의 기사님이 해준 이야기를 생각한다.

가을

이 동네는 제가 나고 자란 곳이라서 빠삭하게 압니다. 여기 박물관 새로 생긴 곳은 원래 학교였는데, 여고였죠. 처음으로 사귄 여자가 이 학교를 다녔어요. 자주 왔었죠. 아 여기 건너편에. 그래. 대학생 때 저기 옥상에서 데모를 했었는데. 기라성 같은 선배님들이 함께했었습니다. 지금 이름만 대면 아는 정치인들. 다 있었는데. 바로 옆이 종로경찰서니까 잡아 갈테면 잡아가라. 이런 자세로 임했죠. 여기 공원 생긴 곳도 말이 많았죠. 미국 대사관 관사 부지였고, 박근혜 때 한옥 호텔을 짓는다고 하더니만. 그렇죠. 탄핵이 되어 버려서. 저기 보이는 저 빌딩 공사할 때가 기억이 나네. 오래되어 보인다고요? 생각보다 그렇게 오래되지 않은 빌딩들이 많아요. 그래. 저기 저 오피스텔 자리에 우리 할아버지가 살던 집이 있었어요. 그 집 뒤로 아주 맛있는 식당들이 많았지. 다 없어졌어요. 다 없어졌지. 제가 이래 보여도 경복고를 나왔어요. 공부를 제법 잘했지. 아 청와대 근처에 오래 살면 별의별 일이 다 있어요. 그리고 많은 일들이 새벽에 이뤄지고. 시끄럽죠. 그렇죠. 궁을 너무 오래 봤더니 이제는 이게 다 내 집 같아. 그래도 좀 동네에서 나가서 창덕궁, 창경궁 보면 또 아 멋지다. 이런 소리가 나오더라고요. 손님도 이 동네 사세요? 이 동네가 좋아. 오래 사세요. 오래 살면서 뭐가 또 바뀌나, 뭐가 또 안 바뀌나 한번 보세요. 그래. 그래도 절대 안 바뀌는 게 있지. 이 동네가 그래서 좋아요. 시위만 좀 덜 하면 좋겠네.

너는 절대 바뀌지 않았을 풍경의 리스트를 작성해 본다. 거기에 이 공원의 은행나무 세 그루도 넣어본다.

계절은 틀림없이 온다는 사실이 얼마나 다행인 일이에요.

너는 언젠가 들은 여자의 목소리를 떠올린다. 은행나무를 올려다본다. 노랗다. 노란 잎들이 무성하다. 무성한 소리를 낸다. 그 틈을 보고 있으면 이 차원이 아닌, 알 수 없는 차원으로 흘러 들어갈 것만 같다. 그 차원에도 계절이 있을까. 네 개의 계절이 있을까.

우리가 이 위도와 경도에서 태어난 것이 가끔 기적으로 느껴져요.

가을

너는 다시 여자의 목소리를 떠올린다. 여자의 목소리는 이런 방식으로 계속해서 너의 곁에 있다. 너는 벤치에 앉는다. 여자의 목소리가 따라 앉는다. 벤치 곁에 까치들이 보인다. 두 마리의 까치는 점점 소리를 높여간다. 싸우고 있는 것으로 보인다. 치열하게. 까치가 고함에 가까운 소리를 치기 시작하자, 벤치의 사람들은 저마다 까치에게 고개를 돌리며 수군거린다. 여자의 목소리도 수군거린다.

까치가 싸우는 소리를 처음 들어요. 어떤 사정이 있을까. 까치에게도 사정이라는 것이 있을 수가 있을까.

너는 여자와 대화를 나누고 싶다. 하지만 번번이 실패하고 만다. 여자의 목소리는 이 차원에 존재하지만, 다른 시간대에서 흘러온 것이다. 그 시간대는 너의 과거에 존재한다. 너만이 아는 시간대. 너만이 아는 목소리. 너만이 아는 말들. 너는 여자의 목소리를 듣고 있다는 것을 비밀에 부치기로 했다. 너는 누구도 믿어주지 않을 이야기라면 누구에게 말을 해도 소용이 없을 것이라고 생각한다. 믿어야지만 소용이 있다고 생각한다.

저는요, 매일 밤 마음을 벗어서 침대 곁에 개어두고 잠에 들어요. 마음이 미운 날은 꼭 있기 마련이고, 그런 날에는 무서운 꿈을 꾸니까요. 마음을 벗기 위해서는 자기 전의 의식이 필요해요. 바지는 마음, 마음은 바지. 이렇게 중얼거려요. 눈을 감고 바지를 벗으면서, 수도 없이 연습했죠. 그랬더니 정말로 마음은 바지가 되었어요. 문제는 마음은 한 겹이 아니라는 점이에요. 바지를 한 겹 벗는다고 해서 모든 마음을 벗을 수는 없었죠. 마트료시카. 그 인형을 생각해요. 벗어도 또, 벗어도 또 나타나요. 마음은.

너는 여자가 말하는 마음을 벗는 이야기를 믿는다. 믿고자 한다. 너도 그 이야기의 방법을 따라 한 적이 있다. 마음은 바지. 바지는 마음. 마음, 마음, 마음 그리고 마음. 또 마음. 너는 고개를 끄덕인다. 정말로 마음은 한 겹이 아님을 상기한다. 마음을 벗는 일은 어려운 일임을, 여자는 그것을 해낸 사람임을 상기한다.

까치가 싸우는 소리는 멀어진다. 너는 다시 공원을 가로지른다. 도서관을 향해 계단을 걸어 오른다. 도서관은 조금

가을

높은 곳에 위치해있다. 높은 곳에 서면 계절은 조금 더 잘 드러난다.

너는 아무 소리도 없는 곳에 앉아 있다. 여자의 목소리는 틀림없이 이곳을 견디지 못했으리라 생각한다. 눈이 밝은 여자는 다 알 수 있을 것이다. 소리 없음을 위해서 인위적으로 움직이고 있는 사람들을. 너는 가만히 앉아서 여자가 싫어할 만한 것들을 생각한다. 여자는 너를 견디지 못할 것이다. 여자는 건강하다. 여자는 총명하다. 여자는 안다. 너는 여자가 아는 것을 모른다. 여자는 내가 모른다는 사실도 안다. 어쩌면 여자는 다 알고 있을 것이다.

너는 여자의 목소리와 처음 마주친 오후를 생각한다. 이른 아침의 미술관. 관객은 거의 없다. 거의 없다는 것은 누군가는 있다는 뜻이기도 하다. 전시는 영상 위주로 되어있다. 재일교포 3세의 혐한에 대한 이야기. 그것을 로드무비로 풀어낸 이야기. 멀지만 어쩐지 가까운 이야기. 영상을 보기 위해서 헤드셋을 껴야 한다. 헤드셋 너머로 여자의 목소리가 들린다.

잘 지내고 있어요? 거기는 날씨가 어때요?

너는 들릴 리가 없는 목소리를 듣고 헤드셋을 빼본다. 여자의 목소리는 계속된다.

이 전시 저는 이미 본 전시에요. 좋지 않나요.

소리가 들리지 않아도 영상은 계속된다. 너는 바닥에 떠다니는 얼굴을 보며 소리를 유추한다. 바닥에 영상을 틀기에 종종 사람들은 그 얼굴을 밟기도 한다. 바닥에서 새어 나오는 얼굴들은 비명을 지르는 것 같다. 어떤 얼굴이 울기 시작한다. 여자의 목소리가 다시 들려온다.

저 사람 울고 있어요. 함께 울어야 할 것만 같아요. 아무래도 아름다운 것을 보았나 봐요.

너는 그 문장을 다시 생각한다. 아름다운 것을 보면 울기도 하는 것일까. 전시를 보고 내려오는 계단 밖으로는 가을의 햇빛이 들어선다. 길고 깊은 햇빛. 따듯하다. 여자의 목소리는 그 이후로 계속되었다. 아무도 믿을 수 없는 일이다. 너 자신만이 믿을 수 있는 일이다.

가을

너는 시월을 십월이라 발음하는 사람을 안다. 유월은 유월이라 발음하면서 시월만은 넘기지 않고 십월이라 발음하는 사람을 알고 있다. 시월은 잇몸 사이로 입술 사이로 흘러나가는 달이라 아름답다. 그 사람에게 십월은 폐 깊숙한 곳에서 흘러나와 혀끝을 지나서 오는 시와 입술 사이로 비집고 나오지 못하는 비읍의 달이었다. 뱉지도 삼키지도 못하고 입속에서 사라지는, 월까지 흐르지 못하는 숨의 흐름에 괴로워지는. 너는 시월, 십월, 시월을 발음해 본다. 너는 시월에는 숨을 조금만 더 수월하게 쉬어낼 수 없겠냐고 물었다. 비읍에 갇힌 시는 어디로 갔냐고도 물었다. 너는 도저히 시월을 십월이라 부르는 사람과는 다시 해후하지 못할 것이며, 그것이 얼마나 다행인지 생각한다.

시월, 십월, 시월, 십월.

무엇을 어떻게 발음하는지는 중요할까. 중요하지 않을까.

너는 여자의 목소리가 어떤 방식의 발음인지 생각한다. 여자는 존재하지 않는데, 목소리로만 존재하는데 어떤 방식으로 발음을 할 수 있는지 고민해 본다. 어쩌면 존재하고 있는 것일까. 너는 존재하지 못하지만, 존재하고 있는 것에 대해서 생각한다. 기억. 여자의 목소리는 기억의 일부일 수도 있을까. 이 목소리를 만난 적이 있을까. 까마득해진다. 목소리를 추적해 본다. 없다. 어디에도 없다.

너는 다시 여자의 목소리가 들린 미술관으로 향해보기로 한다. 그곳에서는 답을 찾을 수 있을지도 모른다.

무의미한 노력이 될지도 몰라요.

여자의 목소리가 말한다. 그럼에도. 그럼에도 불구하고 너는 계속해서 걷는다. 걸을수록 여자의 목소리는 멀어진다. 음량을 조절한 것처럼 여자의 목소리는 작아진다. 너는 조바심이 난다. 미술관에 얼른 닿아야만 한다. 너는 뛰기 시작한다.

안녕.

안녕.

가을

안녕.

멀어지는 여자의 목소리가 뛰는 너의 곁을 감싼다.

그곳의 날씨는 어떤가요. 여기는 너무나도 가을의 날씨.

or Winter

연못 익사 소동

○

 연못을 들여다본 지 오래되었다. 어쩌면 네 개의 계절 동안. 어쩌면 네 개의 계절을 두 번 돌아오는 동안. 어쩌면 연못이 자리 잡은 그때부터. 연못은 실은 연못이 아닐 수도 있다. 엄격하게 말하자면. 어디서부터 왔는지 모를 돌로 둘러싸여 있다. 바닥은 파랗게 방수용 페인트로 칠해져 있다. 그 덕분에 연못은 조금 더 깊어 보이고, 정말로 연못 같아 보이게 되었다.

겨울

연못은 안전해 보인다. 기록적인 폭우가 오던 날 연못이 넘치는 풍경을 보기 위해 한참을 연못의 곁에 서있었지만, 연못의 물은 안전하게도 고여 있었다. 연못의 곁에 서 있으면 고여 있는 기분을 짐작하게 된다. 연못 속 금붕어들은 물이 얼지 않는 계절에만 존재한다. 같은 금붕어들이 봄이 되면 돌아오는지는 아무도 알 수 없다. 아마도 금붕어 관리인만이 알 것이다. 금붕어 관리인으로 추정되는 사람은 이른 아침 금붕어를 살피고 밥을 주고 사라진다. 금붕어 관리인과 마주친 적은 두 번 있다. 잠에 들지 못한 채로 깨어 있던 몹시 이른 아침(새벽이라고 불러야 할 것이다.) 연못에 다가오는 검은 옷을 입은 남자가 있었다. 나는 허리를 숙이고 연못의 냄새를 맡고 있었다. 연못이라면 응당 나는 비린내를 찾고 있었다. 이 안전한 연못에는 비린내도 나지 않는다.

―그렇게 들여보다가는 빠져 죽을지도 몰라요.

금붕어 관리인이 말을 걸었을 때 나의 얼굴은 연못의 표면과 매우 가까이 다가가 있었다.

―이렇게 얕은 물인데 빠져 죽을 가능성이 있나요?

―네. 무릎까지 오는 물에도 얼마든지 빠져 죽을 수 있지요.
―그냥 일어서면 되지 않나요?
―누군가에게는 일어나겠다는 의지가 없기도 하니까요.

연못의 표면에 나의 얼굴이 잠시 비쳤다가 사라졌다.

―연못에 빠져 죽은 사람을 본 적이 있으세요?
―그럼요. 생각보다 많은 사람들이 연못에 빠져 죽습니다.

금붕어 관리인은 단호한 어투로 금붕어들에게 밥을 주기 시작했다. 금붕어들은 필사적으로 입을 뻐끔대기 시작한다. 연못의 표면은 흩어지고, 어느 것도 비치지 않는다.

―아주 작고 얕은 물에도 누군가는 정말로 죽습니다. 명심하세요. 너무 가까이 가지 마세요.

푯말에 쓰인 말과 같은 어투로 금붕어 관리인은 중얼거리며 떠났다.

겨울

이 경고를 듣고 본가의 정원에 있는 연못을 떠올렸다. 엄마는 본가에서 금붕어 관리인을 맡고 있다. 작은 정원을 만들며 그것보다도 더 작은 연못을 만들자고 한 것은 엄마였다. 아무래도 제대로 된 정원이라면 연못이 하나쯤은 있어야 하지 않겠냐는 주장이었다. 엄마는 그 연못을 지극정성으로 가꾸었다. 이끼가 끼지 않도록 물의 수질을 관리하고, 금붕어가 스트레스 받지 않도록 최선을 다해 케어했다. 연못의 곁에 서서 보낸 시간이 많은 셈이었다. 금붕어 관리인이 떠난 자리에서 엄마에게 전화를 걸었다.

―엄마, 일어났어?
―응. 너 일찍 일어났구나.
―엄마 내가 사는 오피스텔에 연못이 있는데,
―그래? 제대로 된 오피스텔이네.
―그 연못을 자주 구경하고 있는데 오늘 구경하다가 금붕어 관리인과 마주쳤어.
―금붕어 관리인이라면 사람들과 마주치지 않는 시간대에 다닐 텐데 귀한 경험이네.
―그 금붕어 관리인이 연못에 빠져 죽을 수도 있다고 겁을 줬어.

―맞아. 정말로 연못에 빠져 죽기도 해.

 엄마는 이미 알고 있던 당연한 사실에 대해 말하는 어투로 대답했다.

―엄마가 아는 사람도 있어?
―그럼. 생각보다 많은 사람들이 연못에 빠져 죽어.
―연못에 빠져 죽을 수 있는 방법이 있어?
―엄마가 아는 누구는 연못 바닥에 쪼그려 앉아서 얼굴을 다리 사이에 넣은 채로 죽기도 했지. 그러니까 연못을 너무 가까이해서는 안 돼. 너무 자주 들여다 봐서는 안 돼. 연못의 냄새도 맡으려고 해서는 안돼. 고여 있는 물에는 이상한 힘이 생기기 마련이야. 특히 고여 있는 것에 끌리는 사람들에게 아주 위험하지.

 고여 있는 것에 끌리는 사람들. 나는 그것이 틀림없이 나를 향하는 말이라고 생각했다. 이미 죽은 시인들의 낡은 시집을 읽고, 이미 죽은 뮤지션들의 음악만을 계속 반복해서 듣는다. 그리고 그들이 만들어 낸 것만이 진정한 아름다움이라고 생각한다.

겨울

금붕어 관리인과 두 번째로 마주친 날은 겨울의 초입이었다. 아직은 물이 얼지 않는 기온이었다. 금붕어 관리인은 또 검은 옷을 입고 있었고, 그 옷은 아무래도 유니폼인 듯 했다. 연못의 표면은 너무나도 맑고 고요했다. 나는 조용히 연못의 곁에 서서 금붕어 관리인이 하는 행동을 관찰했다. 그는 천천히 금붕어의 수를 세아린다. 연못의 표면의 낙엽들을 건진다. 들여다본다. 밥을 꺼낸다. 적당한 양의 밥을 뿌린다. 다시 들여다본다. 금붕어들이 뻐끔댄다.

―연못에 빠져 죽을 수도 있다는 이야기를 다른 사람에게서도 들었어요.
―네. 정말로 그러니까요.
―그 말을 해준 사람이 연못을 너무 가까이해서는 안 된다는 이야기도 해줬어요.
―아무래도 연못을 가까이하는 것은 위험한 일이죠.
―매일 연못을 보시잖아요. 괜찮으세요?
―일이니까요. 해야만 하는 일이고, 돈을 벌기 위해서 해야 하는 일이니까요.

금붕어 관리인의 표정은 일정했다. 이 사람도 고여 있

는 것에 끌리는 사람 같아. 그런 생각을 했다. 금붕어 관리인의 겨울은 어떨까. 임시적인 실직에 가까운 상태일까. 돈을 벌 수 없는 계절일까. 겨울에만 다른 일을 해서 돈을 벌기도 할까.

검은 뒷모습이 멀어져갔다. 겨울이 다가오는 정도의 속도로.

겨울

○

친구가 서울에 놀러 오기로 했다.

친구와 통화 중 연못에 대해 이야기를 꺼낸 것은 당연한 일처럼 느껴졌다. 어떤 이야기를 해도 연못에 대해 꼭 말하고 싶었다. 연못에 대한 이야기를 제외하고 근황에 대한 이야기를 나누는 것은 불가능에 가깝다고 생각했다. 연못, 금붕어 관리인, 연못에 빠져 죽기도 하는 사람들. 친구는 가만히 듣고 있었다. 응. 그래. 그럴 수 있지.

—하지만 그건 아무래도 좀 위험한 일 같아.

친구는 서울에 와봐야겠다고 했다. 더 추워지기 전에 서울에 와서 연못을 확인해야겠다고 했다. 확인한다고 해서 위험한 일이 위험하지 않게 되나. 응. 눈으로 보고 나면 조금 달라지겠지. 네 말만 듣고서는 그 연못이 얼마나 깊은지도 모르겠을 뿐더러, 왜 그렇게까지 그 연못 이야기를 하고 있는지도 잘 모르겠으니까. 이참에 서울 구경도 좀 하자.

친구와 나는 서울을 오래 걸었다. 친구는 한국말에 능숙하지만 서울말에는 미숙하다. 계속해서 자신의 어투를 신경 쓰고 말할 기회가 있으면 숨는다. 나는 서울말에도 능숙하다. 능숙해졌다. 종로 일대를 걷는다. 여기는 정말로 서울 같아. 서울에 온 기분이 들어, 정말로. 친구는 연신 기뻐하며 말했다. 우리가 본 것 중 거창한 것은 없다.

종묘를 들렀으나 종묘 안에 들어가 보진 않았다. 종묘 앞에서 지나가는 사람들을 구경했다. 거기서는 사람들이 평소보다 조금 더 작아 보였다. 이상하지. 미니어처 같아, 사람들이. 높이 올라간 것이 아닌데도 그렇게 보일 수 있다는 사실이 즐거웠다. 종묘에서 창경궁과 창덕궁으로 이어지는 새로

겨울

운 길도 걸었다. 조선시대의 길을 복원한 것이라고 했다. 무엇이든 복원하면 그 시간과 가까워질 것이라는, 혹은 그 시간을 그대로 가져올 수 있을 것이라는 믿음이 싫다고 이야기를 나누었다. 우리는 불평이 많다. 창경궁과 창덕궁에도 들어가지 않았다. 다만 궁 주변을 빙빙 돌으며 걸었다. 걷는 것은 참 쉽지. 걸으면 걷게 되지. 맞아, 정말로 쉬워.

잠시 앉은 카페에서는 궁 뒤로 펼쳐진 숲이 보였다. 그 숲은 사람이 드나들지 않는다고 한다. 울창하다. 오래되었을 큰 나무들로 가득하다. 우리는 이름을 외우기 어려운 원두로 내려진 커피를 마시며 숲을 보았다. 보고 있으니 시간이 잘도 갔다. 커피를 다 마시고 북촌을 걸어 내려왔다. 윤보선길까지 걸었을 때, 나는 충실한 가이드의 역할을 위해 길의 이름을 설명했다. 여기는 윤보선길이야 오래된 교회가 있고 능소화가 만발하기도 하고 제법 운치가 있어. 윤보선길. 어쩐지 비운의 인물이었던 것 같은데. 그렇네. 비운의 기준이 어떠한지는 모르겠지만, 대통령 자리를 빼앗긴 건 꽤나 큰 비운 같아. 그런 이야기를 나누며 계속 걸었다.

담배를 피우기 위해 오피스텔의 흡연 구역에 도착했을 때 해는 지고 있었다. 이제 연못을 볼 시간이야.

하루 사이에 금붕어도 연못의 물도 모두 사라져있었다. 아무래도 물이 곧 얼기 시작할 테니까. 그렇지 아무래도 현명한 선택인 것 같아. 담배를 피우며 빈 연못을 보았다.

곧 비둘기 한 마리가 날아와 앉았다. 비둘기는 목을 바삐 움직이며 빈 연못을 맴돌았다.

―그거 알아? 새에게도 후각이 있대.
―코가 있어?
―그건 모르겠지만 후각이 있다는 연구 결과를 봤어.

비둘기는 작게 남은 물웅덩이를 쪼아댔다. 물을 마셨다.

―도시의 비둘기들은 대체로 눈이 멀었다는데 기특하구나.
―그러게. 물을 찾았네. 후각이 있으니 냄새로 찾았을지도 몰라.

연못의 냄새, 물의 냄새. 정말로 기특하구나. 물의 냄새를 다 맡다니. 비둘기가 떠난 작은 물웅덩이가 천천히 말라가고 있었다. 연못은 정말로 비어있게 되었다. 표면도 사라졌다.

겨울

어떤 것도 비치지 않게 되었다.

―이렇게나 얕은 연못에서도 정말로 누가 익사하기도 한다는 거지?
―응. 엄마도, 금붕어 관리인도 그렇게 말했어.
―그건 아무래도 연못의 문제가 아닌 것 같아.
―연못은 위험해 보이지 않아?
―위험해 보이지도 않고, 위험할 수가 없어. 그건 익사한 사람의 문제야.
―그 사람들에게는 어떤 문제가 있었을까.
―각자의 문제가 있었겠지. 그리고 너도 알고 있다고 생각해. 그 문제에 대해서.

해가 금방 지는 계절. 우리는 그만 걷기로 했다. 연못도 그만 구경하기로 했다.

친구가 떠난 저녁. 연못을 그만 구경하기로 한 것이 무색하게 연못을 다시 찾았다. 비둘기가 쪼아대던 아주 조금 남은 물은 이제 흔적도 없이 사라져있었다. 그래도 이 연못을 연못이라고 부를 수 있을까. 물이 없어도 연못에 빠져 죽기도 할까.

연못에 들어가 보기로 한다.

둘러싸고 있는 돌을 넘는다.

파란 바닥.

                                                앉아 본다.

차갑다.

                   고개를 무릎 사이로 묻어본다.

희미한 연못의 냄새.

               모두 멀어져 간다.

                                         희미해져 간다.

or Spring

S에게

우정이 우정을 선행할 때, 그것은 죽음을 만져. 정말로, 우정은 애도 속에서 태어나는 거야. 그럼으로써 그것은 이중으로 승인되고, 두 번 봉해지는 거야. 내가 믿기에, 모든 앎에 선행하는 이 인식과 감사는 사라지지 않을 거야. 이미 그것은 탄생에서부터, 모든 질문의 책에 담겨 있고, 책과 그 제목을 뛰어넘어, 보이지 않는 단어를 뛰어넘어 존재하고 있어.

데리다는 에드몽 자베스가 죽은 뒤 자신의 친구 디디어 카헨에게 보내는 편지에서 에드몽 자베스를 떠올린다. 그리고 그를 애도한다.

어느 삼월에 우리는 걷고 있었지. 마른 낙엽이 아슬아슬하게 붙어 있는 나무 아래를. 그게 참 신기했어. 삼월인데 어째서 낙엽이 져 있을까. 꼭 가을 같다. 이 나무 밑만 다른 계절인 것 같다. 그 나무가 있는 길을 우리는 참 많이 걸었지. 이층으로 올라서야 있는 카페로 가던 길. 우리는 그 길을 무척 좋아했지.

안녕. 안녕이라는 말을 서두에 쓰고 보니 어쩐지 헤어질 때 하는 말 같아서 슬프다. 잘 지내고 있어? 벌써 계절이 한바퀴 돌았어. 삼월을 참 좋아하는데, 이제는 삼월이 오면 기념할 것이 하나 더 생겨서 슬프고 다행인 일이라 생각해. 오늘 나는 네가 좋아해 주던 원피스를 입고 애인과 점심을 먹었어. 너에게도 소개해 줄 수 있다면 좋겠다.

나는 최근에 자주 울었어. 일을 하던 도중에도 울고, 걷다가도 울고. 너는 알 수 없겠지만 너의 이름에 걸고 했던 다짐들을 많이 어겼어. 친구들을 속상하게 만들기도 했고, 그들에게 걱정을 끼치기도 했어. 늘 빚을 지고 살아가는 기분이야. 그중에 네가 없어서, 너는 모를 것이라고 생각하면 또 다행이지.

잘 지내고 있니. 안부를 묻는 것이 비겁하게 느껴져. 대답을 알 수 없을 안부이기 때문일까. 그래도 나는 계속 묻고 싶다. 잘 지내고 있느냐고. 어제는 너의 번호를 쓰게 된 사람의 생일이었나 봐. 덕분에 너의 이름을 하루 종일 보게 되었어. 감사한 일이야. 나는 조금 바빴어. 살필 겨를이 없는 것들이 많았지. 그것에 너의 이름이 포함되지 않게 하도록 위해 나는 계속해서 이름을 불러 보았어. 슬펐지만, 견디기 어려운 순간도 있었지만 그래도 계속 불러 보았지. 아름다운 너의 이름을.

너의 이름은 새어나가다가 맺히는 이름. 단단하고 부드러운 끝 발음. 불러보면 알 수 있어. 너의 이름과 네가 많이 닮았다고 내가 말한 적이 있을까. 없더라면 꼭 말해줬어야 하는데 후회가 된다. 후회되는 일이 참 많다. 너를 한 번 더 안아주지 못한 것, 나서기 힘든 몸으로 나를 보던 너에게 달려가 보지 못한 것, 성대하고 따뜻한 요리를 대접해 주지 못한 것, 한 번도 꽃 선물을 해주지 못한 것. 나열하다 보니 네가 꼭 대답하는 것 같아. 그래도 괜찮아. 충분히 좋아. 너는 늘 좋다고 했던 것 같다. 나를, 나와 함께 하는 시간들을 정말 소중히

봄

대해줬지. 나는 네가 쏟은 마음만큼 그것들을 소중히 대했을까. 뒤늦게 스스로에게 던지는 질문들이 보잘것없게 느껴진다. 너의 마음이 너무 거대했기 때문에. 왜 모두 지나고 나서야 알게 될까. 시간은 선형적이라는 사실을. 정말로 되돌아갈 수 없다는 비참한 법칙을.

지금 집의 옥상에서 보이는 풍경이 얼마나 근사한지 너에게 말했던가. 이 옥상에는 작고 근사한 숲이 있어. 숲이라고 부르기 위해 얼마나 많은 나무가 필요한지 잘은 모르겠지만, 나는 이곳을 숲이라고 부르기로 했어. 가끔은 새도 날아와. 나는 그것이 무척 기특하다는 생각을 하게 돼. 이렇게나 높이 날아올 수도 있구나. 한편으로는 당연한 일이겠거니 생각해 보기도 해.

옥상에 혼자 올라오는 사람은 대부분 담배를 피우는 사람들이야. 많은 사람이 연인과 함께, 친구와 함께 올라와. 안전하게. 그리고 나는 그 누구도 없는 시간을 찾아 조용히 올라와. 주로 해가 뜨기 직전의 시간이야. 봄의 새벽은 아직 차가워. 해가 뜨기 직전의 시간이 가장 춥다는 이야기를 들었던 것 같아. 그 기온 속에서 해가 뜨기를 기다리는 일은 내가 살아있다는 사실을 확인하는 방법이었어. 해가 뜨고도 골목 사이로 일상의 움직임을 보며 꽤 오래 한자리에 서 있다가 돌아오곤 했어. 그때의 나는 나침반도 지도도 없이 걷는 사람이었어. 길의 존재를 부정하기까지 했어. 매일 걸어지는 대로 걷고 싫으면 누워서 그마저도 포기해 버리는, 얇고 가벼운 의지로 버텨내는 수준에 겨우 미치며 지냈던 것 같아. 그런 나에게 해가 뜨는 것을 기다리는 시간은 얕은 의지 속에서 유일하게 경건할 수 있는 시간이었어. 내일도 해는 뜬다는 사실, 이렇게 차가운 공기도 이내 따듯해질 수 있다는 사실, 그 속에서 사람들은 일상의 걸음을 걸어 골목을 빠져나간다는 사실은 나에게 아주 최소한의 믿음을 주었어.

바다와 사막을 지나 이 옥상까지 닿을 햇빛. 그 햇빛이 빌딩 사이로 새어 나오는 순간.

서울 사람이 아닌 나에게 이 풍경은 가끔 사치 같아. 정확히 서울이 어떤지 말해주는 풍경. 그 틈 어딘가를 너와 함께 걷는 상상을 해. 천천히 아주 천천히. 그렇게 상상하다 보면 나는 다시금 잘 살아야겠다는 다짐을 꺼내볼 수 있어. 맞아, 나의 용감함과 건강함을 아껴주던 이들이 있지. 그들과 모든 계절을 다시 걸어봐야지.

봄

엊그제 출근길에 이상한 풍경을 봤어. 빛이 잘 드는 곳에서는 이미 목련꽃이 지고 있었어. 목련꽃이 떨어진 곳을 보는 일은 늘 이상해. 하얗고 보드라운 꽃잎들. 조금만 스치어도 금방 색이 변해버리는 약한 꽃잎들. 갈색이 되어버린 꽃잎이 즐비한 바닥을 보며 걷고 있었어. 거기에는 비둘기가 누워 있었어. 처음에는 너무나도 평온히 누워 있었기에 잠이 들었다고만 생각했어. 비둘기도 누워서 잠에 드나 잠시 고민했어. 아니지. 비둘기는 잠을 자는 순간에도 꼿꼿이 앉아 있지. 그제서야 비둘기가 죽은 채로 있다는 사실을 알게 되었어. 아주 깨끗하게 죽어 있었지. 그토록 가까이에서 비둘기의 죽음을 목격한 것은 처음이라 우선 휴대폰을 꺼내 들고 '비둘기 사체'를 검색했어. 죽은 비둘기를 목격하는 일은 생각보다 잦은 일인가 봐. 인터넷상에는 비둘기 사체를 어떻게 하면 좋냐고 묻는 사람들이 많이 있었어. (조금 이상하지만 덩달아 궁금해지는 질문도 있었어. 도시에 비둘기가 이렇게나 많은데 그런 것 치고는 왜 비둘기 사체는 보기 어렵냐는 질문이 있었어.) 방법은 쉬웠어. 지나가는 미화원님께 부탁하거나, 다산콜에 전화하는 것이었어. 마침 지나가던 미화원 아저씨가 보여서 도움을 요청했어. 여기 비둘기가 죽어 있어요. 크게 말하면 안 될 것만 같아서, 속삭이듯이 말했어. 아저씨는 대수롭지 않은 일인 마냥 큰 쓰레받기와 빗자루를 들고 다가왔어. 그리고 쓰레받기에 죽은 비둘기를 쓸어 담았어. 그것으로 끝이었어. 아마도 이런 일을 도시에서 가장 많이 마주하는 사람이겠지. 그렇게 생각하고 가던 길을 다시 걸어야 했어.

낙조. 사랑하던 새가 죽는 것에 붙이는 단어라고 해. 새가 떨어진다. 새가 죽는다.

새로운 단어를 배우는 일이 여전히 계속된다는 일이 생경하게 느껴져. 여전히 내가 알지 못하는 단어들이 많을지도 모른다는 생각에 조금 막막하기도 해. 이상한 공포감이지. 어른이니까, 모든 단어를 이해할 수 있어야만 할 것 같은 기분이 들어. 모르는 단어 앞에서는 까마득한 시절 속의 어린이가 된 기분을 느껴. 읽을 수는 있지만, 어떤 뜻인지 가늠하지 못하는 어린이의 더듬거림.

우리가 어떤 단어의 뜻도 알지 못했던 시절, 옹알거림으로만 말할 수 있던 시절의 일을 기억할 수 있을까. 그 시절의 우리에게는 아득한 가능성이 있었겠지. 아득히 많은 단어를 알아가게 되어야 했겠지. 얼마나 오래 살게 될지도 몰랐겠지. 너도 떠올릴 수 있을까. 분명히 너에게도 존재했던 그 시절을.

얼마 전에 읽은 책에서는 옹알거림에 대해서 이렇게 쓰고 있어.

우리의 옹알거림 중 여전히 남아있는 것이 있다면 그것은 메아리에 불과할 것이라고. 우리의 언어가 비로소 존재할 수 있는 곳은 옹알거림이 이미 사라진 곳이기 때문이라고.

무엇인가 사라진 자리, 망각된 자리에서 시작되는 것들이 있지. 혹은 부재하는 곳에서 존재하게 되는 것들. 기억으로만 남게 되고, 그마저도 점차 희미해지는 것들의 자리에 서 보면 어린 시절 뱉었을 옹알거림의 메아리를 생각하게 돼. 들린다고 생각하고 있으면, 정말로 들려와. 기억도 그런 방식으로 작동하는 걸까. 여전히 메아리로라도 존재한다고 믿고 있으면 들을 수 있을까. 네가 부르던 나의 이름을. 너의 웃음소리를. 너의 조심스러운 걸음 소리를.

어느 춘분의 오후가 기억나. 하루 종일 비가 오다가 말다가 했지. 나에게는 우산이 없었고, 너에게는 작고 튼튼한 우산이 있었지. 우리는 어깨를 움츠린 채로 우산을 나눠 쓰고 카페로 향하고 있었어. 카페에 가던 길에 길거리에 도자기를 늘어놓고 팔고 있는 상인을 보게 되었지. A급 상품이 되지 못한, 그래서 조금 싸게 판매하고 있는 도자기들이었지. 작은 화병을 하나씩 골랐던 일을 기억해. 청자와 백자를 하나씩 나눠 가졌지. 조심스럽게 그 화병을 안고 걷던 길을 가끔 생각해. 아직 내 책장에 놓인 화병을 보면서. 누군가와 같이 산 사물에는 이상한 힘이 있어. 긴 시간이 지나도 그 사물을 볼 때마다 그 시점의 우리를 어떻게든 기억해 내게 되지. 그리고 변하지 않는 시점에 대한 기억은 이상하게 위로가 돼.

지난겨울에 친한 친구가 아이를 낳았어. 너도 아는 친구야. 자주 세계가 멸망해 버렸으면 좋겠다고 생각하는 나에게 누군가의 탄생은 정말로 이상한 일이었어. 축하할 일을 앞에 두고 자꾸만 슬퍼졌어. 이 아이는 어떻게 살게 될까. 이 아이에게 세계는 어떻게 다가갈까. 친구의 눈꺼풀과 꼭 닮은 아이의 눈꺼풀을 보니 눈물이 나왔어. 친구를 위해 이런 탄생 축하 시를 써보기도 했어.

봄

어떤 눈꺼풀에는
모든 이야기가 다 담겨 있다

네가 태어나기 훨씬 전
내가 태어나기 전의 이야기부터 해볼까

닫힌 눈꺼풀 사이로
마치 대답하는 듯한 너의
작은 음성

어떤 가벼운 무게감으로
사람들이 울기도 한다

기뻐서 우는 눈물에서는
단맛이 난다던데

양팔로 감싸 안아 보면
내 체온과 꼭 닮은
작은 너
혹은 나

나의 일부였던 너

작은 손가락을 움직인다

길고 긴 이야기를 해줄게

오랫동안 그치질 않을 이야기를 해줄게

너는 그 사이에

이가 자라고

걷고

말을 하겠지

이야기는 그렇게 계속될 거야

쓰고 보니 어쩐지 나 스스로에게 하고 싶은 말이기도 하겠다는 생각이 들었어. 이야기는 계속될 거야. 이 말을 꼭 해주고 싶었나 봐. 아이가 아니더라도 이야기는 계속될 수도 있다는 말. 그리고 이런 생각을 하게 되면 스스로 이기적이라고 느끼게 돼. 너의 이야기는 중단되었으니까. 너의 이야기는 어느 봄에 멈춰 있으니까. 봄은 계속해서 돌아오지만, 너는 어느 봄에만 머물러 있으니까.

그 계절이 봄이라서 다행이라고 생각하면 어떨까. 처음에는 그 계절이 봄이라는 사실이 무척 잔인하게 느껴졌어. 모든 것이 다시 시작되고 있는 계절. 꽃의 이름을 많이 알게 되는 계절. 따듯해지는 빛을 받아 구석구석이 윤이 나는 계절. 왜 이 계절이어야 할까. 믿지도 않는 신을 탓해보기도 했어. 너는 그토록 충실히 믿었는데. 신의 존재도, 신의 사랑도. 다시 이 계절을 걸으며, 나는 봄이라서 다행이라고 믿어보기로 해. 그렇게 믿는 것이 너에게도, 나에게도 좋은 일이 될 거라고 믿어보기로 해. 목련이 만드는 그늘 밑에서, 벚꽃을 보며 들뜬 사람들의 곁에서는 아주 슬퍼지지는 않을 거야. 정말로 그렇게 될 거야.

세계는 여전히 모순적이고 견디기 힘든 일이 너무 많아. 언제 다 무뎌질 수 있을까. 언제 다 받아들일 수 있을까. 나이를 먹으면 정말 조금씩은 변할까. 잘 살아 보려고 마음먹으면 또 미래가 두려워지기 시작해. 아직 나에게 오랜 시간의 미래를 가늠하는 일은 버겁게 느껴져. 이런 것도 연습을 하면 늘까. 그런 마음으로 자기 전 침대에 누워 백발이 된 모습을 상상해. 우리가 그리던 단정한 노인. 단정한 마음과 옷을 걸치고 다니는 노인. 이내 슬퍼진다. 거기에도 네가 있었더라면. 너의 백발을 볼 수 있다면. 나는 덜 슬퍼질 수 있을까.

 슬픔의 탓을 너에게로 돌린 것만 같아 미안해. 이것도 너를 기억하고 애도하는 방식이라면 이해해 줄 수 있을까. 이 길고도 짧은 말을 꺼내면서 내가 하고 싶은 한 마디는 결국 보고 싶다는 말이야. 많이 보고 싶다. 가끔 너와 닮은 사람과 마주치기도 해. 너보다 조금 더 건강해 보이는 사람들. 덕분에 너를 생각해. 어디선가 건강하게 웃고 있을 너를 상상해 보기도 해. 너는 천국을 믿는 사람이었으니 틀림없이 천국에 갔겠지. 거기에는 모순도 슬픔도 없겠지. 하얗고 빛이 나겠지. 너랑 잘 어울리는 풍경이 있을 것만 같아. 나는 믿지 못

봄

하는 사람이니 천국에는 갈 수 없을까. 너와 다시 마주하기 위해서는 나도 믿어봐야 할까. 나에게 없던 신을 만들어 내고 싶을 만큼 너와 다시 만나고 싶어. 환하게 웃고 걷고 포옹하고 싶어.

자주 편지하고 싶은데 마음처럼 되지 않아서 속상하다. 너에게 하고 싶은 말들을 쓰고 있으면 나는 조금 괜찮아지는 기분이야. 고마워. 어떻게든 내 곁에 있어 줘서. 많이 보고 싶어. 많이 사랑해. 또 편지 쓸게. 잘 살아 있을게.

추신 :

등을 생각하면 용감해진다

우리는 느리게 걷는다

불이 눕는 방향으로 향하자
너는 말한다

불이 눕는 방향은
곧
풀이 눕는 방향

등을 생각하면 울 수도 있다

저곳에선 풀이 자란다
저곳에선 비둘기가 잠든다

저곳
네가 가리킨 곳으로 향한다
향하는 자에게는 뒷모습이 생겨난다

너에게서 뒷모습이 사라진
그런 저녁이 있었다

안녕 나는 여기 누워있어
안녕 우리는 용감해져야 해
안녕 너는 걸어야 해
안녕

뒷모습이 사라지는
이곳

나는 이 곳에 있다
영원히

or ...

작가의 말

 계절에 대해서 어떤 글을 쓸 수 있을까. 이 책을 쓰면서 가장 고민이 된 지점은 계절은 너무 일상적인 부분이라는 것이었다. 일상의 일들을 어떻게 가져오는 것이 좋을까. 계절에 대한 감각은 쉽게 공유할 수 있다. 각자가 느끼는 주관적인 심상이 있을 수는 있지만, 우리에게는 분명히 주어지는 공통의 감각이 있다. 네 편의 이야기를 쓰면서 이상하게도 거기서 벗어나고 싶다는 생각을 하게 되었다. 어떻게 벗어나는 것이 좋을까. 해답을 찾는 시간 동안 계절마다 남긴 메모들을 볼 수 밖에 없었다. 거기에는 잊고 지냈던, 어쩌면 잊고 지내고 싶었던 시간들이 있었다. 조각에 가까운 형태의 메모에 기대어 이야기를 만드는 것이 즐겁고도 슬픈 일이었다.

 글을 쓰면서 늘 경계하는 지점은 나의 이야기를 숨기는 것이었다. 소설을 쓰면서 나의 일부분이 드러나는 것은 비겁한 일이라고 생각해왔다. 나에게 없는 이야기를 만드는 것이 진정한 소설이라고 믿기도 했다. 이 책을 쓰는 과정은 그 경계를 놓아버리는 과정이라고 할 수 있을 것이다.

소설과 소설이 아닌 것에 대한 생각을 하게 된다. 이것을 소설이라고 부를 수 있을 것인가. 그렇다면 진정한 소설이란 무엇인가. 오래 고민해보지만 결국 그 답은 읽는 사람에게 있을 것이다. 이제는 누군가가 읽는 순간을 기다려야 하는 시간이다. 가장 초조하고도 설레는 시간이기도 하다. 각자의 계절은 어떠할지, 계절에 대해 기대하는 바가 어떠할지 조바심을 갖고 기다려보기로 한다.

2023년 가을
정다정

see your sea? seeyoursea!

　일상의 모든 사유들이 문학이 되는 세상을 상상해본 적 있나요? 한 단어로부터 시작되는 사유, 파도는 모든 문학을 기록하고 남깁니다. 파도는 세상에 남기고 싶은 글이 생길 때마다 다양한 형태로 찾아옵니다.

책을 덮으며

    이 책의 사계절은 □모양입니다. □에는 네 개의 모퉁이가 있고 각 모퉁이에는 계절들이 걸려있습니다. 보통 모퉁이에는 무엇이든 잔여하기가 쉽습니다. 각 계절의 모퉁이에는 어떤 것들이 모여있을까요? 이곳엔 돌아오는 것들과 돌아오지 않는 것들을 추상하고, 추억과 사람, 관계 같은 것들이 주로 모여있습니다. 이 책은 속절없는 시간보단 사계절을 감각합니다. 시간은 돌아오지 않지만, 계절은 부지런히 되돌아오니까요. 여러분의 계절이 무뎌질 때, 이곳에 담긴 계절들은 언제든지 펼쳐보아도 좋습니다.

    가끔 사라지지 않는 것들은 불확실에 사는 우리에게 위로가 됩니다. 언젠가 돌아올 거라는 믿음. 변하지 않을 거라는 믿음. 이렇게 태어난 문장들은 바뀐 계절에 금방 잊혀진다 하더라도, 분명 돌고 돕니다. 사계절처럼.

    멋진 작품을 써주신 정다정 작가님께 무궁한 감사를 드립니다. 여기까지 읽어주신 모든 독자님에게도 감사와 애정을 보냅니다.

파도 올림

사각계절

초판 1쇄 찍음 2023년 9월 20일
초판 1쇄 발행 2023년 10월 25일
　　2쇄 발행 2025년 4월 11일

지 은 이	정다정
펴 낸 곳	파도
편　　집	길보배
등 록 번 호	제 2020-000013호
주　　소	서울시 서대문구 증가로 23길 30
전 자 우 편	seeyoursea@naver.com
I S B N	979-11-980233-8-4
	979-11-980233-0-8 (set)

값 13,000원

Text copyright ⓒ정다정, 2023.
Illustration copyright ⓒKelly Witmer, 2023.
All rights reserved.

* 이 책의 판권은 파도와 지은이에게 있습니다.
* 양측의 서면 동의 없는 무단 전재 및 복제를 금합니다.
* 잘못 인쇄된 책은 구입한 곳에서 교환해 드립니다.
* 책값은 뒤표지에 있습니다.